图书在版编目(CIP)数据

　　绘本是亲子感情的脐带：松居直绘本思想精髓 /
(日)松居直著；唐亚明译. -- 南京：南京大学出版社，
2022.1
　　ISBN 978-7-305-24406-3

　　Ⅰ. ①绘… Ⅱ. ①松… ②唐… Ⅲ. ①儿童故事-图
画故事-文学研究 Ⅳ. ① I058

中国版本图书馆 CIP 数据核字 (2021) 第 079215 号

Ehon wa Kokoro no Heso no o
Copyright © 2018 by Tadashi Matsui/Bookstart Japan
First published in Japan in 2018 by Bookstart Japan,Tokyo
Simplified Chinese translation rights arranged with Bookstart Japan
through Japan Foreign-Rights Centre/Bardon-Chinese Media Agency

Simplified Chinese translation copyright © 2021 by Nanjing University Press
All rights reserved.

江苏省版权局著作权合同登记　图字：10-2021-132 号

出版发行　南京大学出版社
社　　址　南京市汉口路 22 号　　　　邮　编　210093
出 版 人　金鑫荣
项 目 人　石　磊
策　　划　刘红颖
特约策划　小活字图话书

书　　名　绘本是亲子感情的脐带：松居直绘本思想精髓
著　　者　(日)松居直
译　　者　唐亚明
责任编辑　刘红颖
文字统筹　王子豹
责任校对　邓颖君
终审终校　张　珂
封面设计　卜　凡

印　　刷　恒美印务（广州）有限公司
开　　本　787×978　1/32　印张 2.5　字数 63 千
版　　次　2022 年 1 月第 1 版　2022 年 1 月第 1 次印刷
印　　数　1—6000
ISBN 978-7-305-24406-3
定　　价　46.00 元

网　　址：http://www.njupco.com
官方微博：http://weibo.com/njupco
官方微信：njupress
销售咨询热线：（025）83594756

MATSUI Tadashi

松居直
绘本思想精髓

绘本是亲子感情的脐带

［日］松居直 著　唐亚明 译

南京大学出版社

松居直在日本东京家中

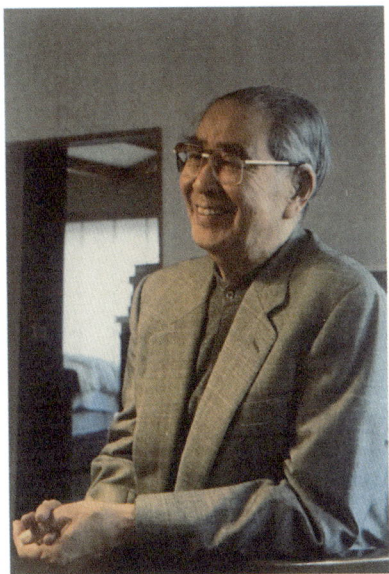

序言

婴儿与绘本

NPO "开始阅读"

对于"婴儿与绘本"这一词汇组合，人们有什么印象呢？

"开始阅读"指的是公共机构对未满周岁的婴儿进行体检时，把绘本直接送给婴儿，并向妈妈介绍如何快乐地阅读绘本的活动。这项活动1992年开始于英国，日本则从2001年开始。和婴儿一起读绘本，向婴儿赠送绘本还不是这项活动的全部内容。这项活动最重要的是把"体验"和"绘本"配套提供给父母和婴儿。

到2018年8月为止，这项活动在日本持续进行了17年，大约占日本国土面积59％的1032个市区镇村开展了这项活动（NPO"开始阅读"直接掌握活动内容的地区的数字），而且开展这项活动的地区还在不断增加。迄今为止，已有600万以上的婴儿成为该活动的对象。

2000 年，"开始阅读"活动被介绍到日本时，书店里以未满周岁和 1 岁、2 岁的婴儿为读者对象的"婴儿绘本"并不多，而且在全国各地的公共图书馆里，独立设立"婴儿绘本"书架的也很少，并且也极少有专为"婴儿"举办的阅读会。可以说，图书馆并没有把容易哭闹的婴儿当作读者，所以也没有积极动员婴儿来图书馆。

当时对于"婴儿和绘本"这一组合，很少有人去想象是怎么一回事，对于"开始阅读"活动，也有人说："才出生几个月，还不会说话呢，读绘本是不是太早了？"

还有人误解为，这一活动的目的是早期教育，是为了让婴儿"早点记住文字和数字""将来成为爱读书的孩子"。其实，早期教育和"开始阅读"活动的目的完全不同。

我们在 2000 年学习英国的活动时，从 "Share books with your baby！〔和婴儿共享绘本（的愉悦）吧！〕"这一口号中，理解了"开始阅读"活动的核心目标。

我们以此为方向在日本开始了"开始阅读"活动。

我们认为:"翻开绘本的时间"不仅是单方面念绘本给孩子听的行为,而是听大人念的婴儿也好,念绘本的大人也好,都能在这一时刻感受到同样的喜悦。这时,绘本(的要义)不是读(read),而是共享(share)。

日本的"开始阅读"活动基于这种认识,树立了自己的理念。其中,松居直发挥了巨大作用。松居直作为童书编辑,曾编辑出版了许多长销不衰的绘本。2000年他在担任"儿童读书年推进会议"[1]副代表时,开始参与"开始阅读"活动,当日本NPO"开始阅读"组织成立时,他担任理事长,从事组织管理。

松居直作为童书编辑和三个孩子的父亲,多年来一直在思考"绘本的意义"。他注意到:婴儿与大人一起翻开绘本,最重要的是婴儿首先听到"声音的语言"。对于"婴儿看得懂绘本吗?"这一疑问,松居直回答说:"绘本就像儿歌或摇篮曲。"他确信:孩子从疼爱自己的人口中听到充满爱意的温暖语言,对于孩子的成长,甚至对人的生命来说都是不可缺少的体验。

即使婴儿还不能用语言交流,但是会用全身心来接受说给他（她）的话，同时与说话的人交流情感。松居直认为，这就是与婴儿一起翻开绘本的根本意义所在。

松居直的这些想法，也反映出他一直在思考"语言对人到底有什么意义？"这一问题。

在确立"开始阅读"活动的理念时，松居直的这些思想，使我们有了更深刻更宽广的视角。

我们的活动关键词之一是"声音的语言"。

我们认识到，正因为"声音的语言"关系人类交流的根本，所以"开始阅读"活动才可能具有全世界共享的价值。就这样，我们绘出了"婴儿与绘本"的具体蓝图，并在推广工作中向全国各地的相关人员反复宣讲，形成了共识。

实际上，当我们在各地翻开绘本念给婴儿听时，他们会有各种各样的反应。有的微微一笑，有的高兴地发出声音，有的使劲看念书人的脸和嘴，有的对书本身有兴趣、伸手抓书，也有的婴儿反应不明显。对于婴儿的这些反应，念书的大人持续用"声音的语言"对他们说话，大人和婴儿感情相通的幸福时刻就会来临。这是我们多次体验到的。

我们还注意到，不间断的"开始阅读"活动也给大人提供了重新看待"婴儿"的机会。

"开始阅读"活动的理念，通过在各地的实践不断深化。有关人员对我们的理念产生的巨大共鸣，使得这一活动不断扩大。

我们考虑把松居直对"婴儿与绘本"和"开始阅读"的想法汇编成册。这样，不论是谁，不论何时何地，都可以了解到有许多人参加的"开始阅读"活动是以什么思想为基础，它的理念又是怎样形成的。

经松居直同意，我们把他迄今为止的讲演和发言记录进行了整理和选择，编辑成此书。内容基于以下记录：

- 讲演记录

《召开第一届"开始阅读"全国大会》（日本东京·2002年）

《先有语言和爱意 》（中国台湾·2002年）

《"开始阅读"与绘本的力量》（日本北海道·2004年）

《绘本的愉悦——"开始阅读"活动的精神》

（日本鸟取县·2005年）

《孩子的成长与绘本》（日本冲绳县·2007年）

- 采访记录

NPO"开始阅读"采访（2006年，2014年，2018年）

- 发言记录

NPO"开始阅读"理事会·全体大会（2004年—2014年）

　　松居直本人的著作中，有关"绘本"和"语言"的论述很多，也有与"开始阅读"理念相关的内容。如果一起阅读这些著作，也许会加深对这本书的理解。

　　本书的出版，如果能使人们对"婴儿与绘本"这一组合的印象，变得更为丰富多彩和温情，那我们将十分高兴。我们希望这本书能加深人们对"开始阅读"活动的理解，使这一活动有更大的发展。

---

〔1〕儿童读书年推进会议（2000年）：该会议大约有280个与儿童阅读有关的团体、企业以及个人代表参加。该会议向日本介绍了"开始阅读"活动，并创建了日本的NPO"开始阅读"。

松居直在北京宣讲绘本

2006 年

CHAPTER 1

第一章

什么是"语言"？

1 从妈妈那里得到的，
支撑生命的"语言"

我们是怎样用语言说、听和理解意思的呢？语言是从谁那里得到的呢？我们在上学前就已经会说和听语言了吧。

我认为，语言是从妈妈那里得到的。

我所用的语言不仅是"国语"，而且是"母语"，用英语说是 mother tongue，即妈妈的语言。当然家庭里也有父亲和兄弟姐妹，也许会有替代妈妈教授语言的人，但是从象征意义上来说，是从妈妈那里得到的。

当我们重新考虑这一问题时，你就会注意到，你从妈妈那里还得到了更为宝贵的东西，那就是"生命"。这是无可替代、千真万确的。同时，你还得到了"生命的容器"——身体。生命和身体是不能分开的，没有身体就没有生命；没有生命，身体也会消失。

然后，我得到了支撑生命的"语言"。最先得到的语言就是我的名字。没有语言，我们难以生存。我反复听妈妈对我讲话的声音，记住了语言。

有了语言，就等于有了"生命力"。所以，你拥有"丰富的语言"，你就拥有了"丰富的生命力"与"可能性"。语言是支撑生命的"生命力"。我们承继的语言，在传给下一代时应该使它更为丰富。

松居直（左）与唐亚明（右）在北京的中央美术学院
2003 年

2 语言是"人的心情"

怀抱婴儿的妈妈，只要婴儿没睡着，她就会一直对孩子说些什么。那时的心情自然就会变成语言，也不见得里面有什么特别的内容。但是，那些语言的每一句都是温暖的。这是因为妈妈对孩子的心情不知不觉地表达在语言里了。

当婴儿被抱在妈妈温暖的怀抱里时，听着妈妈的声音，他（她）会逐渐理解，妈妈是在用全身心保护着自己。我们活动的出发点，就是感受妈妈温暖的怀抱和语言，而且怀抱婴儿时，母亲胸部的鼓动也会传给婴儿。

据说每个人的心脏跳动都有所不同。美国学者巴里·桑达斯[2]在他的著作《书籍消亡，暴力出现》里写道："儿童语言的源泉是妈妈的怀抱。因为妈妈的心跳和呼吸铭刻在婴儿的意识中，所以婴儿最先记住的是'有节奏地听声音'。"

的确，感觉到心脏跳动，就是感受到生命存在。

生命是有节奏的，"妈妈心跳和呼吸的节奏，是语言的原点。"我非常同意这一观点。

婴儿在妈妈肚子里时，就开始听妈妈的声音和心跳。所以，当他（她）出生时，马上就能感到："听到这声音和这心跳就是安全的"，"有这个人我就放心了"。这是一种绝对的信任。我认为，"相信人"是从这里开始的。

婴儿在这时，五感（视觉、听觉、嗅觉、味觉、触觉）全开，听着妈妈的声音和心跳，看着妈妈的脸，视线相对，被温暖的胳膊抱在柔软的胸口里，闻着妈妈的气味。我小时候和妈妈一起睡觉，到现在我都记得妈妈的气味。

当婴儿感觉到什么时，妈妈会问他（她）："舒服吗？""冷不冷？""困了吧？"……婴儿所有的感觉都会和语言连在一起。

妈妈就像嘴对嘴似的对婴儿说话。婴儿最早学习的语言，就是这样自然记住的。婴儿就像用嘴吸奶那样，也用耳朵吸收语言。他们在"吃"语言，并通过语言感受大人的心情。

在这里，语言不是"意思"，而是"人的心情"。通过语言，妈妈的气息和爱意传给了孩子。婴儿听着这种人与人交流的语言，就被唤醒了对语言的感觉。

〔2〕巴里·桑达斯 (Barry Sanders，1938—)，美国学者、作家，著有 *A is for ox : violence, electronic media, and the silencing of the written word*（《书籍消亡，暴力出现》）等著作。

左起：唐亚明、松居直、松居身纪子、张京（时任四川少年儿童出版社社长）

2004 年于四川

3 铭刻在心灵深处的
"摇篮曲"和"语言"

音乐评论家汤川玲子在报上发表的随笔中写道，她对400个有婴儿的妈妈进行了关于音乐的问卷调查。问卷中有"你会唱摇篮曲吗？"这一项。结果，回答"会唱"的人还不到百分之一。

现在，我们不像从前那样唱摇篮曲了。但是我认为，幼小的婴儿听摇篮曲，是极为重要的语言体验。

摇篮曲奇妙得不可思议。

为什么我会这样认为呢？因为我现在还会唱婴儿时听过的摇篮曲。

那是我的第一个孩子出生两个月后的事情。我抱起正在哭闹的孩子，自然地唱起了摇篮曲。唱的是我妈妈唱过的"快睡吧，快睡吧，我的小宝贝"这首老歌。我无意识地唱出了很长的歌词。过了一会儿，孩子安静下来了。"啊，好不容易睡着了。"我把孩子放进被子里，这才注意到我自然地唱出了摇篮曲，连我自己都大吃一惊。

　　没有人教我唱过摇篮曲，而且我对婴儿时妈妈唱给我听的也没有一点儿记忆。可二十五年后，我为什么会唱呢？摇篮曲是悄悄存在我身体里的什么地方了吗？后来我查了一下岩波文库[3]，得知我记住的摇篮曲歌词非常准确。

　　我从那时起开始认真地思考这一问题。

　　语言到底是什么？它留存在人的什么地方呢？为什么无意识中接受的语言，会记得那么清晰呢？语言的体验到底是怎么回事呢？我一直考虑着这些问题。那时我刚开始编辑绘本，所以就更为关心孩子的语言问题了。

　　另外，我妈妈经常给孙子孙女唱儿歌。在我妈妈临终时，孙子孙女们在她耳边自然地唱起了以前听她教唱过的儿歌。

　　语言是肉眼看不到的，但是充满感情的语言，可以直达人的心灵深处，会留下来，并在一定的时间过去后又冒出来。我有了这种宝贵的体验后，觉得必须认真地重新考虑语言的本质。

当我得知"开始阅读"活动时，我强烈地感到了这一点。因为翻开绘本，愉快地、慢慢地、反复地读给婴儿听，对于婴儿来说，就如同听儿歌和摇篮曲一样吧。我觉得，和婴儿一起翻开绘本时，开始时不一定是"我们念绘本吧！"那样的姿态。我们也可以一边读，一边说话："啊，有只小猫啊！""多好吃啊！"你对婴儿说话，他（她）就会往那边看。那时，图画和语言就会结合在一起，同时，婴儿也会感觉到对自己说话的人的心情。

这就是"开始阅读"活动的出发点吧。

〔3〕岩波文库《儿歌》，町田嘉章、浅野建二编著，岩波书店（1962）。

松居直（右一）与松居身纪子，唐亚明

访问四川少年儿童出版社后，前往峨眉山圣寿万年寺

2004 年

4 绘本是"亲子感情的脐带"

对于"开始阅读"活动中给婴儿发放的绘本，我有一个要求。

我想，婴儿恐怕会舔或者啃书，会把书弄破弄脏。但是不管书破成什么样，也请父母把它保存下来。到孩子长大成人时，在人生最重要的转折点，你把那本书包好，系上绸带，亲手交给你的孩子。最好是婚礼上吧，成人节[4]也行。

为什么呢？因为我认为，"第一次翻开的书"，和脐带一样。

我上小学五年级还是六年级时，有一次帮妈妈整理衣柜，看到有一个包得好好的小纸包，上面系着绸带，写着我的名字。我问妈妈："里面是什么？"妈妈说："是脐带。"我打开纸包，里面出来一个黑黑的、像垃圾似的东西，看不出是什么。

"这是你的脐带呀！"听妈妈这么一说，我吓了一跳。曾经连接我和妈妈的就是这个东西吗？那时，我感到自己和妈妈之间有一种奇妙的联系，我的直觉告诉我，这似乎有着极其重大的意义。我对妈妈把"这么个东西"替我保存起来，深受感动。

我因为经历了这件事，就想到：从"开始阅读"活动领到的绘本，正是"亲子感情的脐带"，如果将来直接送给孩子，对他（她）说："这是你最早读过的绘本啊！"那该多么美好。

送给弟弟妹妹相同的书也行。一般人认为，同样的书家里有一本就够了。可我不这么想。

因为书是那个孩子与父母相连的脐带啊！

在我的家里，有时同样的书有四本。因为只要孩子喜欢那本书，我会不管三七二十一地买回来，所以各间隔一岁的三个孩子，都有自己喜欢的绘本。如果他们都喜欢这书，那么再加上给我自己的一本，就是四本。

三个孩子每个人都有自己的书架。他们上大学以后，书架上也有绘本。他们在幼儿园读过的绘本，与上大学读的书放在同一个书架上，从书架可看出他们的精神轨迹。他们有时会拿出绘本来翻看。这是那个孩子的根啊。

〔4〕"成人节"是日本庆祝公民年满20周岁的节日，法定为1月的第二个星期一。在这天由日本各地政府主办"成人式"，举行演讲、派对等活动，并赠送礼品，鼓励和祝福20岁的年轻人。

左起：唐亚明、加古里子、松居直
在北京的长城展示绘本《万里长城》
2011 年

5 孩子能"听会"语言

"人是如何掌握语言的？"思考这个问题，对理解"开始阅读"活动非常重要。

婴儿在成长过程中，会通过日常生活记住越来越多的语言。我说过，婴儿最先记住的语言，就像喝奶似的，是嘴对嘴那样吸收的。不仅是最先记住的语言，小孩子使用的所有语言，开始时都是和他（她）一起生活的人口传的，孩子慢慢"听会"的。所以小孩子很注意听周围的人说的话。

比如说，我们身体的各部位都有名称，东西也都有名称。就拿"杯子"来说，那是因为周围的人说"杯子，杯子"，小孩就知道那是"杯子"。"水"也好，"玻璃"也好，都是这样吧。人的感觉，"疼""冷"也是这样吧。"高兴""难过"这些人的感情都是语言。

这些语言不是在学校学会的，而是在和别人一起的日常生活中学会的。

说话的方法也是这样。我们这代人，不习惯用客气的口吻对小孩说话。我们的说法是从大人那里听会的。人使用自然记住的语言时没什么障碍，而使用被教会的语言就不大容易自如。

我的孙女现在长大成人了，她三岁时，我们一家人去餐厅吃饭。她突然说："啊，这是大人的口味！"我很惊讶，看着她的表情，别的大人也都看着她，她好像很得意。

小孩子充满好奇心，会先记住词汇，也许试用过几次。有时会用错，因为她可能还不知道什么是大人的口味。可那次她用对了。当时我想："这孩子记住大人的口味了。"

在生活中，有许多这样不可思议的语言。孩子们很有兴趣地听到，然后试着用，或成功或失败。在这样的反复中，他（她）学会了驾驭语言。所以我们在日常生活中使用什么语言，非常重要。

我们有必要重新考虑一下，我们的语言原点，不是特定的谁教的，而是在日常生活中学会的。

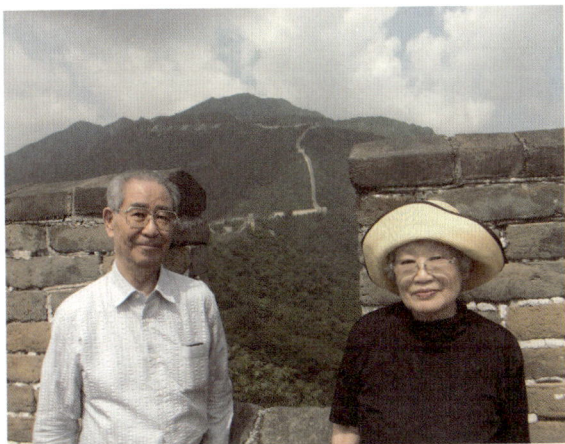

松居直与松居身纪子在长城上
2011 年

6 游玩使五感发达

小孩子最早学习语言是婴儿时，同样地，这也是他（她）的五感开发的时候。要真正"了解"语言，有必要在那之前丰富地"感受"语言。小孩子在玩的时候五感最开放。不论是一个人玩，还是和朋友一起玩，哪怕玩的时候不说话，他（她）都在感受其中的语言。所以，为了使语言丰富，首先应该在幼儿时期好好玩。

我出生在京都，从幼儿园到小学，整天在鸭川河边玩。我至今还记得夏天把脚伸进水里时那种冰凉舒服的感觉。在寒冷的冬天，玩到手都快冻裂了。我知道鸭川河春夏秋冬的温度。因为有这种体验，所以读到童话和小说里"冰凉"这个词汇时，身上就能感受到"冰凉"。但是，如果没有切身感受过"冰凉"，就难以体会故事的背景和人物的心情，就走不进故事的世界。

所以，我不希望各位家长把孩子放在周围都是书的环境里培养。和孩子一起进行各种体验，用大人丰富的语言和他们说话，让孩子的生活阅历丰富，这都是非常重要的。在这种环境中，再加上书这一不可替代的世界。"书的世界"是日常生活中体验不到的"语言的世界"。让这两方面保持平衡，孩子的语言才会真正丰富起来。

CHAPTER 2

第二章

和孩子在一起

1　肉声语言和机器语言

　　我觉得现代是"语言消失的时代"。"直接听人发出的声音"——这种声音语言的体验，越来越贫乏了。

　　另一方面，又好像四处泛滥着语言。

　　瑞士哲学家马克斯·皮卡德[5]说："现代是机器语言和噪音的时代。"每天从早到晚，生活里充斥着来自机器的语言。在家庭中，电视成为中心，电视里传来各种人说话的声音。另外，人与人的交往，也越来越多地通过手机或电脑。

　　但是，通过机器传递的语言，与面对面和人说话不同，机器传递的语言中感受不到人的感性和心情的微妙变化，因为机器不是人。与人见面说话，双方很难掩饰自己的心情。人有心，人心在肉眼看不到的地方工作。

　　现代人工智能的发达，是伟大的文明成果。但是，它将给人性带来何种影响，很大程度上还是未知数。

　　重要的是，人不能干什么都用机器。问题是哪些需要人亲自去干，以及人怎样运用机器。

在动物世界，只有人类有语言。我认为，如果人的语言能力变弱，那么人本身肯定会变弱。

现在的孩子，从婴儿时期起就生活在充斥着机器语言的环境中，几乎没有一点儿寂静的时间。但是，机器不能培育人的语言。只识字，只往大脑里灌输知识和信息，也培养不出人才。

只有以心情为支撑的"声音的语言"，才能培养出人与人共处所需的"对语言的感觉"。

〔5〕马克斯·皮卡德（Max Picard, 1888—1965），瑞士医生和作家。在德国数所大学学习医学，并在慕尼黑获得医生资格。著有《逃离上帝》《希特勒在我们自己当中》等著作。

左起：蔡皋、唐亚明、松居身纪子、松居直

松居直应邀来长沙讲学和访问后，前往武陵源采风，

此次采风后，绘本《桃花源的故事》出版

1996 年 8 月

2　念书人的声音留在心里

丰富"声音的语言"的方法，是和孩子"一起读绘本"。

经常有人问我："绘本的意义和作用是什么？"我认为是："在一起。"

父母和孩子"在一起"，让在一起生活的时间和空间里有"语言"，而且，"念的人"和"听的人"共享（share）语言的愉悦，这就是绘本最重要的意义和作用。

在英国发起的"开始阅读"活动，口号是"Share books with your baby！"我觉得说的就是这个道理。

我作为绘本编辑，一直提倡："绘本不是让孩子自己看的书，而是大人念给孩子听的书。"孩子对大人说："给我念！"其实是在说："我想和你在一起！"孩子希望和爸爸妈妈"在一起"。当你抱着孩子，身体挨近孩子一起读绘本时，孩子会发自内心地高兴。

进一步说，绘本不属于作者，而属于读绘本的人。

孩子即使记不住作者的名字，但是记得住是谁念给自己听的。念书人的声音会留在孩子心里，等他（她）长大后，那声音会和书的世界，还有当时的快乐一起复苏。

我在大学教课时，问学生："你们知道《古利和古拉》[6]吗？"大多数学生都知道。我接着问："作者是谁？"很多学生说："不知道。"我说："不知道没关系呀。"

我又问："是谁念给你听的？"几乎所有人都能回答出来。多数是"妈妈"，其次是"幼儿园、托儿所的老师"，然后"爸爸"也好不容易出现了，还有的学生说："是家庭文库[7]的阿姨""图书馆的人"。大家都记得念给自己听的人是谁。另外，据说幼儿园老师喜欢什么书，孩子们马上就能知道，因为老师念书的声音里，有她对书产生共鸣的喜悦。

绘本的语言和故事越有意思，它通过念书人的声音留在孩子心中的时间就越长，甚至一辈子也不忘。这就是"妈妈给我念的绘本""爸爸给我念的绘本"的意义。

"共享愉悦"对人的成长极为重要。特别是幼小时期，反复体验"共享愉悦"，会给孩子留下难以估量的巨大影响。

孩子在生活中总能感受到愉悦，他（她）就会具有"自我生存的能力"。

〔6〕《古利和古拉》，中川李枝子／文，大村百合子／图，福音馆书店（1967）。

〔7〕家庭文库是日本特有的帮助孩子阅读的民间组织。上世纪 50 年代初期，日本各地出现了个人在自家开办的"家庭文库"，以家庭妇女为主，把自家的图书免费借给附近的孩子阅读，并进行指导。1957 年成立了以翻译家村冈花子为会长的家庭文库研究会，发行会报，联系全国的家庭文库，并翻译外国绘本，推动了阅读活动和儿童图书出版的发展，为日后各地成立儿童图书馆奠定了基础。

国际儿童读物联盟IBBY澳门大会期间，

松居直与唐亚明、蔡皋，在讨论《桃花源的故事》的草稿

2006年

3 用手看书

和孩子一起读绘本时，"书是一种造形艺术"这种认识，有特别大的意义。

书有"大小"。

书有长方或四方的"形状"。

书有左翻页，右翻页的区别。

每本书的重量不同，手感也不同。

我上小学时还注意到，把书合上时会有"啪"的声音，而且每本书的声音都不一样。我从那时起，就特别喜欢合书的声音。我总是兴奋地猜想，这本书会出什么声音呀？

书是一种独特的造形艺术。

读绘本，也是在用手翻造形艺术品，手的动作很重要。翻书时，根据故事情节和情绪的变化，翻得时快时慢，有时会停下，有时又回翻，读到最后时，"啪"地合上。

"视频"和"书"在"看"这一点上是相同的。但是，书不是被动地看，而是需要读者自己触摸翻页，是"用手看的文化"，这一点是与电视和动画片根本不同的。

对于人来说，"用手"非常重要，这一点对于培育孩子来说也非常重要。

妈妈用手翻开绘本时，婴儿就会伸出手，想用自己的手触摸和确认书这件东西。人通过用手的体验，掌握"看书"这一文化。我希望大家尽量让婴儿触摸到更多的书，因为这是他（她）作为人的最基本的行为的开端。

松居直与蔡皋久别后相会于东京，中间为松居直女儿小风幸

2018 年

4　就像手牵手在语言世界周游

我给自己的孩子念了十年书。虽然我是个繁忙的父亲，可也能抽出时间给孩子念书。人们经常是晚饭吃饱后，再吃点儿甜品吧，这时会说："我有另一个肚子。"给孩子念书的时间，就是这个感觉。

有一种时间，与"生活时间"和"工作时间"不同，你找出哪怕五分钟或十分钟，就能给孩子念书。

我最早给孩子念绘本，是在大儿子一岁的时候。我在书店找到"岩波儿童书"〔8〕，觉得这才是真正的故事绘本，就在家里自己反复念。

有一天，我看到儿子自己用小手翻看着其中的一本，是《爱花的牛》〔9〕那本书。

孩子喜欢用手。他"啪"地翻开绘本，里面就会出现图画。他在看翻开时的那幅画。我很惊讶——"这么小的孩子会对绘本感兴趣吗？"我上幼儿园时，大人也经常给我念绘本，但是我记不住一岁时的事。

于是，我把儿子抱上膝盖。我想：你既然这么有兴趣，那我念给你听吧。不管听不听得懂，我先念了再说。他坐在我的膝盖上，脸朝着前面，我看不到他的表情，不知他是否听懂了。但是，我通过膝盖的感觉，知道他在拼命地听，这就是所谓"肌肤接触"嘛。膝盖的感觉告诉我："哦，他这么有兴趣呀！""他听得很认真啊！"

他被爸爸抱着，有生以来第一次听爸爸为他念绘本，这对他是非常新鲜的体验吧。那本书的插图是黑白的，对那个年龄的小孩有点儿难，也许故事的意思他还听不懂，但他依旧身体紧绷着，从头听到尾，我想："儿子不简单呀！"

第二天晚上，我下班回家，儿子抱着那本书，一歪一歪地走到门口，把那本书递给我，意思是让我念给他听。我稍微休息了一下，然后抱起他，给他念了起来。他又从头听到尾。我看得出来，他比前一天听得更认真了。孩子就是这样，在与大人的交流中不仅感受语言，同时还感受着各种各样的东西。这就是我为孩子念书的出发点。

我的三个孩子，大到自己会读绘本以后，仍然喜欢父母念给自己听。

等孩子们慢慢长大了，我还给他们念过长篇故事。

我念过我特别喜欢的《柳林风声》[10]、《杜立德医生的非洲之旅》[11]、《维尼熊》[12]。

在念书时，不分什么大人小孩，大人的心情和小孩的心情是相通的，其他东西是闯不进来的。

我的感觉是，我们就像手牵手在相同的语言世界里周游。给孩子念书，最高兴的应该是大人。因为大人能感觉到，孩子在认真听，孩子们很愉快。孩子高兴，那情绪就会传给大人。也就是说，不仅听的人高兴，念的人也高兴。

大人通过给孩子念绘本会得知："哦，他（她）对这个感兴趣呀。"大人念书时能感觉到孩子在成长，这对于大人来说，是莫大的喜悦。

孩子们会一直记住他们听到的语言，特别是快乐的语言。这是孩子的记忆力不可思议的地方。

有一天，已经成人的儿子走过来，他表情有点儿奇怪，对我说："我想结婚。"我问："结婚对象是什么人？"儿子说："是奥里。"我说："哦，是吗？"

我猜想到了那个人的样子。我心想："哈哈，长得像奥里……大大的眼睛，可爱的小脸，可没长胡子吧。"

《海里的妖怪奥里》[13]这本书，儿子从幼儿园到小学二年级期间不知读过多少遍。那是他最喜欢的绘本。我早就忘了这件事，可儿子突然说出"是奥里"，我就知道："啊，他记得奥里呀。"当我明白的那一瞬间，这一信息也传给了对方，儿子的表情是："啊，爸爸还记得呢。"

亲子读绘本，就是这么回事。

和孩子一起读绘本，这种愉悦一定会留在什么地方，经过岁月流逝，这种愉悦会变成语言出现。

那时，父母和孩子都会清楚地回想起往事。

我是念的人，孩子是听的人。

这是非常有意思的体验。

〔8〕"岩波儿童书"，在二战结束后，岩波书店最早引领了日本儿童书的发展。1950 年"岩波少年文库"刊行，1953 年"岩波儿童书"刊行，以石井桃子为首的编辑们学习欧美先进经验，彻底摆脱军国主义影响，为日本战后的儿童图书发展做出了重要贡献。松居直曾说："岩波儿童书是我的启蒙老师和榜样。"

〔9〕《爱花的牛》（*The Story of Ferdinand*），曼罗·里夫（Munro Leaf）/ 文，罗伯特·劳森（Robert Lawson）/ 图。

〔10〕《柳林风声》（*The Wind in the Willows*），肯尼斯·格雷厄姆（Kenneth Grahame）/ 文，E.H.谢帕德（E.H.Shepherd）/ 图。

〔11〕《杜立德医生的非洲之旅》（*The Story of Doctor Dolittle*），休·洛夫廷（Hugh John Lofting）/ 文·图。

〔12〕《维尼熊》（*Winnie-the-Pooh*），A.A.米隆（Alan Alexander Milne）/ 文，E.H.谢帕德（E.H.Shepherd）/ 图。

〔13〕《海里的妖怪奥里》（*Oley, the sea monster*），玛丽·荷尔·艾兹（Marie Hall Ets）/ 文·图。

5　绘本是念给孩子听的书

　　还有这么一件事。《古利和古拉》是亲子三代人都爱读的绘本。我念给孩子听，他们又念给自己的孩子听。我的孙女是听她爸爸妈妈念的。有一天，我说到《古利和古拉》，孙女问："咦？爷爷，你怎么知道的？"她这么一问，我来了兴趣，背了起来："我们的名字叫古利和古拉。在这个世界上，我们最喜欢的事情是做饭和吃饭。古利古拉，古利古拉……"

　　孙女惊讶地跳了起来，爷爷竟然知道古利和古拉!这似乎抬高了我在她眼中的身价。双方有共同语言，就会感到喜悦。

　　有时候，你给孩子念书，他（她）好像没听，我觉得那也没什么。你想念就念，他（她）想听就听。我念的时候，孩子有时会站起来，或是在房间里走来走去，我也不停下，不管他（她）听不听，一直念下去。后来孩子还是能说出那个故事的情节。

　　还有过这样的事：我给年纪小的孩子念书，年纪大的孩子好像有点不高兴，到旁边的房间去了。可是，念到有意思的高潮时，隔壁房间也响起了笑声。

如果念的人想：你可得好好听呀！这样孩子就会感到压力。所以念绘本时你要想：听不听都没关系呀，不过不听你可就亏了。你这样轻松地去念，给孩子念绘本才会成为不勉强的习惯。

我还要劝大家，即使自己的孩子已经认字了，你还是要把绘本念给他们听。

孩子喜欢听大人念胜于自己读。听大人念，孩子更容易理解绘本。念的人用语言表达出自己心里的绘本世界，孩子们用耳朵听语言，用眼睛看绘本，就在脑海中形成一个生动的故事世界，这就是"绘本的体验"。孩子一个人读绘本，是没有这种体验的，所以不容易读懂。

虽然你大可不必勉强，但我希望你一定给孩子念绘本，哪怕他（她）是初中生、高中生甚至成人了。

给孩子念绘本时，不仅是做父母的，只要你是大人，你就会感觉到自己心里的孩子，这非常重要。

大部分人已经忘了很小时候的事，可不论是谁，他（她）心里一定有孩子。自己小时候对什么有兴趣？与其他人的关系如何？怕什么，高兴什么，喜爱什么？只要你回想起这些，你就能敏锐地观察到眼前孩子的表情和语言。

近来，给孩子念绘本的父亲增多了。我问他们："你们为什么给孩子念绘本呢？"他们回答："因为小时候听大人念特别高兴。"我想，没有比这个回答更能说明问题的了。可以想象，父亲和孩子共享愉悦，那是多么大的幸福？

通过绘本体验过这种愉悦的孩子，当他成了父亲时，他一定会给自己的孩子念绘本。因为他知道：我小时候喜欢听大人给我念。

CHAPTER 3

第三章

关于

"开始阅读"活动

1 在家里用感情相通的语言

我第一次听说英国的"开始阅读"活动时，就感到了一种温暖，这说明人在社会上是受到尊重的。我想，如果在日本也开始这项活动就好了。我觉得"给家庭送书"是最好的方法。

在日本，似乎很多人认为，"书"和"语言"是学校教育的事，不是家庭的事。

虽然关心书和读书的家庭很多，但是许多家长是希望通过书增加孩子的"知识"和"信息量"，使孩子更聪明。

我认为，语言里有知识和信息这些"进大脑的语言"，还有编织感情的"进心灵的语言"。"进心灵的语言"培养人的感觉。人如果没有感觉的力量，就看不清自己；看不清自己，就看不清人本身。

其实，早识字和会读书没什么关系。孩子从婴儿起，反复在听语言，他（她）喜欢上了语言，就会想认字。你即使不教他（她）识字，孩子也会试图自己去认。所以，在家庭生活中，重要的是使用丰富的语言，使孩子心灵产生共鸣，而不是为了让他（她）更聪明。

人类从数万年前开始使用语言，"说"和"听"是语言的基本原型。"读"和"写"仅有四千多年的历史。文字的发明创造出了"写文字"和"读文字"的文化。"声音"文化发展成了"文字"文化。但是，语言的本质首要是"说"和"听"。

我们在育儿问题上应该认真思考这一点，这并不是要把什么放在何等位置这样难抉择的事。给孩子讲故事，孩子能听到故事，如果孩子在识字之前没有很好地体验过这些，那么他（她）以后也很难读好书。

日本的识字率几乎是百分之九十九，可为什么还会出现人们不爱看书的现象呢？我认为是因为他们缺乏"说"和"听"语言的体验。这不是指远离书，远离铅字，而是指远离语言。现在是语言正在消失的时代。

我想，如果父母亲真能自然地给婴儿唱歌，对他们说话，婴儿就会有反应。这难道不是幸福的语言体验吗？

所以，"开始阅读"活动不是为了"教语言"，或仅仅是"给孩子读绘本"。书是语言的世界，每本书里都有不同的语言世界。

图也是语言的世界。即使是抽象画，也一定是语言。婴儿在看图时，你要对他（她）说话，书的插图里有许多语言，比文字语言还多。

重要的是这种交流是愉快的，念的人和听的人愉悦相通。

我认为，只要"开始阅读"活动得以发展，日本少年儿童的语言、日语和日本文化都会发生很大的变化。

我希望学校也对孩子们"说话"。说话的老师和教课的老师不同。我到现在还记得小时候对我们说话的老师，记得那位老师说过的话，而教课老师讲的内容基本上都忘了。

左起：海飞（时任国际儿童读物联盟中国分会 CBBY 主席）、松居直

2002 年

2 为"妈妈的幸福"尽力

还有一件事，我认为是"开始阅读"活动的关键。

那就是"妈妈的幸福"。

大家都渴望"婴儿的幸福"，但是"婴儿的幸福"与"妈妈的幸福"相关。妈妈不幸福，婴儿是不会幸福的。

对孩子来说，妈妈的声音力量无比。妈妈用自己的声音让婴儿高兴，对双方来说都是极大的喜悦。婴儿从妈妈的声音和语言里感到喜悦，妈妈又从婴儿发出的声音里感到喜悦。

喜悦带来喜悦，这就是幸福。因此，翻开绘本，能使妈妈得到幸福。

在这里着重要说的是，妈妈在家里除了需要爸爸的支持，还需要社会的支持。也就是说，需要有对妈妈说话的人。

在"开始阅读"活动中，我们把绘本递给妈妈时，有些地区的人会说："我们一直为您着想。""我们会随时来帮忙。"开展活动的人如何把绘本交给妈妈，使她幸福呢？我想，不光是给绘本，一定还要加上语言。在拿到书的同时，妈妈从给书人的笑脸上能感到他们的心情，就会觉得"自己不是孤单的"。

我希望，"开始阅读"活动也会使当地的社会得到新生与活力。

各地的保健中心[14]、图书馆等平常没有横向联系的公共机构，在"开始阅读"活动中，为居民提供场所和机会，使大家得以用温情的语言进行交流，这对于创建新型的地域社会，具有重大意义。妈妈们在这种环境中，才能安心育儿。

"开始阅读"活动，必须和家庭、社区一起，为"妈妈的幸福"尽力。

今后的育儿，不仅要靠家庭和社区，企业和各种团体组织如何支援育儿也很重要。

我是在企业工作的人，我认为，今后企业应该成为支援员工生活的"社区"。不论是单身，还是已经结束了育儿，或是对育儿有兴趣，或是正在育儿，企业都应支援这些员工。我想今后这种"社区"型企业才能生存下去。从这样的企业中会涌现创建今后社会的力量。

"开始阅读"活动，不是为了普及绘本，而是为了把绘本这一语言世界，加上"祝愿你幸福！""我们在一起！"这样的心愿和语言，送给妈妈和婴儿。

我认为，这才是"开始阅读"活动的本质。

〔14〕保健中心，根据日本《地域保健法》，为保持和增进居民健康，在各地区设有保健中心，由医生、保健师、营养师、药剂师、放射线技师、精神保健师等专业人员提供诊断、指导、体检等各项服务。

松居直与张明舟（现任国际儿童读物联盟IBBY主席）、唐亚明

2003 年于北京

3　在日本创办"开始阅读"活动

在日本正式创办"开始阅读"活动时,我强烈感到:不能完全按照英国的做法,日本要创建自己的模式。因为日本和英国的社会结构、人文历史都不同。

我不是说英国模式不行。英国的"开始阅读"活动适应英国的社会,而日本的"开始阅读"活动也要适应日本的社会、文化以及儿童的现状。我愿意帮忙做这件事。

为此,首先要回顾和研究日本的育儿文化,在重新审视中找出应该继承和应该改变的东西。如果不建成扎根日本的组织,仅仅是外来货,就没有意义,也不会长久。

"开始阅读"活动是根据各地政府的行政判断得以实施的。保健中心和图书馆这些平时没有协作关系的组织相互之间进行并与当地居民的生活紧密相连,这些是极为重要的。在活动中,也能看出当地政府是不是负责任地把握了居民育儿的情况和问题。

这项活动能否成功，关键是靠当地居民和政府之间的相互理解与合作关系。

另外，各地的NPO"开始阅读"的活动团体，一直要有全局观念和对活动理念的理解，能根据各地不同的情况开展活动，而不能采取自上而下的决策方法，否则弊病就会增多，难以在地区扎根。在当地情况和历史各不相同的市区镇村，要考虑不同的实施方法，耐心对待并逐个解决问题，这是开展活动的组织的职责。

为了实现这一目标，NPO"开始阅读"要在活动中与各地相关人员积极交流，尽量与他们面对面谈话。

今后，我们也应该把"人与人的交流"作为基础，建立更深厚的相互信赖关系。

左起：松居直、张明舟、松居身纪子、唐亚明，久别后相会于东京
2019 年

4 为了真正扩大读绘本活动

2001 年，日本继英国之后，成为世界上第二个在全国推进"开始阅读"活动的国家，到 2018 年已经过去了 17 年，这一活动在日本扎下了根。我认为，日本的经验一定会对其他国家开展同样的活动、对各国孩子们的成长有好的帮助。

在总结和发表日本的活动经验时，"了解对方"很重要。为此，首先要"了解自己"，即了解我们的育儿状况和我们的社会。

如果不在历史进程中理解我们的经验，就难以与对方进行交流。了解对方的前提是了解自己。在真正了解我们之间何处相同、何处不同的基础上，才能介绍自己的经验。

但是，不论哪个国家都有与我们相通的东西，那就是在孩子的人生起点上，"开始阅读"活动向他（她）赠送的是"喜悦"这一"生命力"。

（完）

附录 NPO"开始阅读"活动的"5个要点"

"5个要点"是我们为了加深人们对这一活动的理解，把从英国学来的理念，加上我们在日本各地的实践中积累的重要经验总结而成的。

1 目的
创造婴儿和父母通过绘本交流感情的契机

读绘本可以非常自然地形成这样的机会：与婴儿一起度过，
向婴儿温柔地说话。

对于婴儿来说，绘本不是读的书（read books），而是与念
的人共享的书（share books）。

☆"开始阅读"活动不是早期教育。

2 对象
在开展这项活动的市、区、镇、村出生的
所有婴儿以及他们的父母

有的父母对绘本有兴趣，有的没兴趣。尽管婴儿出生的环境
有所不同，但是"开始阅读"活动以所有人为对象。

3 机会
在未满周岁的婴儿集体体检时开展活动，
可以见到所有婴儿

很多地方政府选择在未满周岁的婴儿集体体检时，开展"开

始阅读"活动，也有的地方政府利用其他的保健或支援育儿的工作中开展活动。

4 方法

在亲子体验翻开绘本的喜悦的同时，
传达温情祝词，并送出绘本

我们不是只发绘本，而是当场让婴儿和他们的父母体验阅读绘本的喜悦。实际体验加上拿到作为礼物的绘本，会成为家庭亲子共读最好的开端。

5 体制

把这项活动作为市、区、镇、村的工作，
与各行各业的人合作推进

与图书馆、保健中心、育儿支援科[15]、市民义务工作者等各个领域的人一起开展活动，可以使活动更充实并持续下去。
☆"开始阅读"活动的目的，不是特定个人和团体的宣传、营利、政治活动。

[15] 育儿支援科，日本各地政府内设有"育儿支援科"，担当儿童抚育、母子健康、儿童医疗、单亲家庭、育儿补助等各项与儿童有关的工作。

NPO "开始阅读"
(non-profit organization Bookstart Japan 非营利组织开始阅读)

是以独立、中立的立场推进日本"开始阅读"活动的民间非营利组织。传播活动理念，收集全国地方政府从实践得来的经验，并发放相关资料，举办研习活动，以各种形式支援各地区的活动、宣传活动的意义。另外，与发源地英国以及各国的组织合作，向世界介绍日本的活动情况。

日本NPO"开始阅读"官方网站：http://www.bookstart.or.jp/

松居直

1926 年出生于日本京都府。1952 年参与创建少儿图书出版社福音馆书店。1958 年创刊月刊故事绘本《儿童之友》，担任总编辑，培养了许多绘本作家。后担任福音馆书店社长、董事长，1997 年起任顾问。2000 年，担任"儿童读书年推进会议"副代表时，得知"开始阅读"活动，参与了其创建组织和推进等活动，后来参与日本 NPO"开始阅读"活动的运营并担任理事长，2007 年起担任董事长。他为了推动少儿图书的发展，多年来无私奉献，做了大量工作。

唐亚明

北京出生。毕业于早稻田大学文学系、东京大学研究生院。1983年应"日本绘本之父"松居直邀请进入福音馆书店，成为日本出版界的第一个外国人正式编辑，并一直活跃在日本绘本编辑的第一线，编辑了大量优秀的绘本。他本人的著作也曾获开高健文学奖励奖、讲谈社出版文化奖绘本奖、产经儿童出版文化奖等各种奖项。他曾任"意大利博洛尼亚绘本原画博览会"评委，日本儿童图书评议会（JBBY）理事，并在日本数所大学任教。